Carcharor yn Alcatraz

Theresa Breslin

Addasiad Emily Huws

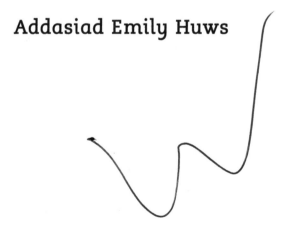

Cyhoeddwyd ym Mhrydain yn 2004
gan Barrington Stoke Ltd., 18 Walker Street, Edinburgh EH3 7LP
www.barringtonstoke.co.uk
dan y teitl *Prisoner in Alcatraz*.

Cyhoeddwyd gan Y Ganolfan Astudiaethau Addysg, Aberystwyth
(www.caa.aber.ac.uk).

Noddwyd gan Lywodraeth Cynulliad Cymru.

ISBN 978-1-84521-206-3

Golygwyd gan Delyth Ifan
Dyluniwyd gan Richard Huw Pritchard
Llun y clawr gan Rebecca de Winter
Argraffwyd gan Argraffwyr Cambria

Nodyn gan yr awdur

Ar ynys Alcatraz ym mae San Fransisco erstalwm roedd carchar ar gyfer troseddwyr gwaethaf America gyfan. Roedd enw'r gaer fygythiol, enwog am drefn ddidrugaredd, yn ddigon i ennyn parch ac arswyd.

Dro'n ôl es i i weld y carchar sydd bellach yn wag. Cerddais ar hyd y coridorau llwm, llawn eco. Eisteddais yn un o'r celloedd bychain a syllu allan rhwng y bariau. Gwrandewais ar sawl tâp o leisiau carcharorion, a siarad gyda chyn-swyddog oedd yn adnabod "Y Dyn Adar." Clywais straeon am y carchar a'r carcharorion.

Am fod y carchar ar y graig mor enwog, mae llawer o ffilmiau wedi cael eu gwneud am Alcatraz. Mae fy llyfr i'n sôn am ddigwyddiad ar ddiwedd 1940 pan geisiodd criw o garcharorion ddianc.

Os ydych chi eisiau rhagor o wybodaeth, ewch i'r wefan: www.nps.gov/Alcatraz

Cynnwys

1   Alcatraz   1

2   Lladrad   7

3   Cynllunio i Ddianc   17

4   Yr Achos   27

5   *Cut Throat Carter*   42

6   Dan Glo   48

7   Codi Twrw   52

8   Ar fy Mhen fy Hun   60

9   Rhyddid   66

10   Allan   75

11   Dan Glo am Oes   81

Pennod 1

Alcatraz

Rheol Rhif Pump

Mae gen ti hawl i gael:

Bwyd, dillad, cysgod a gofal meddyg.

Rhodd ydy unrhyw beth arall.

Alcatraz.

Yr Ynys.

Y Graig.

1

Nid rhyw garchar bach lleol cyffredin ydy hwn. Carchar ar gyfer y rhai sydd wedi troseddu yn erbyn y wlad – Unol Daleithiau'r America - ydy o.

Mae wedi'i osod allan yn y fan yma wrth ymyl pont y *Golden Gate*. Ar dalp anferth o graig yn gwthio allan o ddŵr bae San Fransisco.

San Fransisco. Mae cân yn dweud bod pobl yn gadael eu calon yn San Fransisco. Wedyn mae'n sôn am y ceir cebl bychain sy'n ymestyn hanner y ffordd at y sêr.

Dim ond cip ar y ceir cebl ges i wrth ddod drwy'r ddinas.

Roeddwn ar fy ffordd i Alcatraz. Maen nhw'n mynd â'r carcharorion allan yno o'r pier sy'n ddigon pell o'r ddinas. Dydyn nhw ddim eisiau cynhyrfu pobl y dref. Ddim eisiau i bobl ar eu gwyliau ein gweld ni chwaith. Rhag difetha'r diwydiant ymwelwyr. Dydy carcharorion ddim yn bethau tlws. Ond, pan fydd si fod carcharor newydd ar ei ffordd drosodd, bydd un neu ddau yn dod i wylio'r cwch ben bore bob amser.

Pam maen nhw'n dod? Ydy'n gweld ni mewn cadwynni fel caethweision yn gwneud iddyn nhw deimlo'n well? Ydyn nhw'n teimlo'n fwy diogel wrth fynd yn ôl i'w cartrefi drud efo car mawr crand tu allan? Ydyn nhw'n teimlo'n well am eu bod nhw'n gwybod bod dyn drwg arall dan glo? Mae'n debyg ei fod yn destun sgwrs dros ginio iddyn nhw. Rhywbeth i sôn amdano wrth gymydog dros glawdd yr ardd.

"Hei! Wyddost ti be, Alvin? Welais i lofrudd heddiw."

Tipyn bach o gyffro yn eu bywydau bach diflas, diflas.

Dw i'n cofio'r daith yna ar y cwch.

Y bont yn dod i'r golwg yn sydyn. Rhwd coch yn hytrach nag aur melyn. Y trawstiau haearn mawr yn fwa uwch ein pennau wrth i ni adael y

ddinas i fynd i'r parc cenedlaethol ar yr ochr
arall. Maen nhw'n dweud bod y coed yno cyn
daled ag Adeilad yr *Empire State*. Yna rholiodd y
niwl i mewn a welais i ddim byd wedyn.

Ond clywais y morloi. Y sŵn yn codi wrth i ni
nesáu at lanfa'r carchar ar ynys Alcatraz. Y
morfeirch mawr yn eistedd ar y creigiau yn
rhythu arnon ni ac yn udo.

Y sŵn mwyaf digalon roeddwn i wedi'i glywed
erioed.

Roeddwn i'n mynd i weld a chlywed llawer o
bethau mwy digalon fyth yn ystod y misoedd i
ddod.

Ond a dweud y gwir, y diwrnod hwnnw,
roeddwn i'n teimlo braidd yn falch 'mod i'n mynd
yno.

Hurt?

Ond roeddwn i ofn drwy waed fy nghalon
hefyd.

Am fy mod i wedi clywed lle mor uffernol oedd yno.

Ac am Rheol Pump – y bwyd, dŵr, cysgod, gofal meddyg a dim byd arall.

A'r dynion fedrai'ch dyrnu chi'n stwtsh cyn i rywun hyd yn oed edrych yn gam arnyn nhw.

Ond ar yr un pryd, roeddwn yn falch. Byddwn efo'r bechgyn mawr. Yn y llys roedd y barnwr wedi fy nisgrifio i fel "lleidr bach pitw a phethau wedi mynd o chwith iddo." Roedd hynny wedi fy mrifo i.

"Hawdd dylanwadu arno," crefodd fy nghyfreithiwr ar y rheithgor.

Yn gwneud i mi edrych braidd yn dwp. Fel petawn i frechdan neu ddwy yn brin o bicnic.

Ond dyna lle roeddwn i.

Ar y cwch.

Yn un o'r bechgyn mawr.

Gangsters go iawn.

Ar fy ffordd i garchar mwyaf enwog America.

Y carchar mwyaf enwog yn y byd crwn cyfan.

Alcatraz.

Pennod 2

Lladrad

"Paid ag aros yn rhy hir yn y cawodydd, Marty."

Troais yn gyflym. Y sebon yn fy llygaid o hyd.

"Be?"

"Bachgen ifanc del fel chdi. Rhai o'r dynion yma heb fod yn agos at ferch ers blynyddoedd, a dydyn nhw ddim yn ffysi, os ti'n deall be sydd gen i."

Neidiais allan o'r gawod fel mellten a chipio fy nillad.

Taylor oedd yna. Roedd o wedi bod yn garcharor ar y Graig ers i'r lle agor.

Ar y cychwyn, roeddwn i'n hoffi Taylor. Yn ystod fy wythnosau cyntaf yn Alcatraz roedd o'n fy helpu i, yn f'amddiffyn i. Ond ar y pryd wyddwn i ddim ei fod wedi cael gorchymyn i wneud hynny.

"Cadw lygad ar Marty," oedd y gorchymyn.

Wyddwn i ddim fod criw bach o garcharorion wedi bod yn aros i rywun bychan, tenau fel fi i gyrraedd yno. Roedden nhw'n bwriadu dianc ond roedden nhw angen rhywun eiddil i wthio drwy dwll i mewn i bibell wynt. Roeddwn i'n ffitio'r angen i'r dim.

Ymhen rhyw fis, dyma nhw'n dweud wrth Taylor am sôn am y cynllun wrthyf i.

"Dw i ddim eisiau clywed am unrhyw

gynllun," meddwn i y munud yr agorodd o'i geg.

Troais fy nghefn arno.

Roeddwn i wedi cael llond bol ar gynlluniau pobl eraill. Dyna pam roeddwn i mewn carchar. Dyna oedd gan fy ffrind i, Jay. Cynllun. Nage. Dyna oedd gan fy *nghyn* ffrind i, Jay: cynllun.

Roeddwn i'n arfer byw efo fy mam mewn cwt wrth ymyl iard reilffordd. Ar ôl i Mam farw, dyna nhw'n fy rhoi i mewn cartref plant. Yno gwnes i gyfarfod Jay. Wedi dianc o'r cartref hwnnw cyn gynted fyth ag y medrwn i, es yn ôl i'r cwt. Roeddwn i wedi bod yno ar fy mhen fy hun am ryw ddwy flynedd pan gyrhaeddodd Jay.

Roedd o eisiau i mi ei helpu i ddwyn o fanc. Roedd ganddo gynllun gwych, meddai fo.

Banc mewn tref fechan filltiroedd i ffwrdd. Neb yno'n ein hadnabod ni. Dau yn unig yn gweithio yn y banc. Rheolwr a merch wrth y cownter.

Amser cinio byddai'r rheolwr yn mynd dros y ffordd i nôl brechdanau a'r ferch ar ei phen ei hun am ryw ddeg munud. Roedd tad a brawd Jay mewn carchar. Roedd o angen arian i dalu am gyfreithiwr da iddyn nhw. Nhw oedd wedi dweud wrtho ble i gael gafael ar wn.

Doedd gen i fawr o awydd.

"Nid lleidr ydw i," meddwn i.

Chwarddodd Jay. "Be ti'n wneud bob dydd wrth dorri i mewn i wagen nwyddau ar y rheilffordd i gymryd pethau? Benthyg?"

"Digwydd bod yna maen nhw," meddwn i. "Does neb biau nhw yr adeg yna ... ar eu ffordd i rywle maen nhw."

"Marty King, mae dy ben di yn y cymylau. Dwyn ydy hynna."

Ysgydwais fy mhen. Doedd Mam byth yn galw hynna'n ddwyn pan oedd hi'n fyw. Rhannu oedd o meddai hi. Fydden ni byth yn cymryd popeth, byth yn gadael wagen yn wag. Dim ond cymryd hyn ac arall. Digon i ni brynu bwyd a dillad.

"Dwyn ydy cynllunio i gymryd rhywbeth a'i werthu i wneud elw, Marty," meddai Mam. "Rhannu pethau ydan ni. Dim ond cymryd ychydig oddi ar y rhai sy'n gallu ei fforddio. Dim ond digon i'n cadw ni'n fyw."

Dyna ddywedais i wrth Jay. Meddwn i, "Dim ond cymryd o'r wagenni be ydw i ei angen i fyw ydw i. Dw i ddim yn mynd i ddwyn arian o fanc. Nid lleidr ydw i."

Meddai Jay, "Gei di ddreifio. Dim rhaid iti wneud y dwyn ei hun. A' i i mewn i'r banc i nôl yr arian. Gei di eistedd tu allan yn y car."

Ysgydwais fy mhen.

"Ty'd 'laen, Marty," meddai Jay. "Fedret ti fynd i lawr i Mexico a byw ar fferm yno. Gaet ti blannu tomatos a llysiau fel byddet ti'n sôn pan oedden ni yn y cartref plant yna efo'n gilydd.

Dim ond gyrru car unwaith. Gaet ti bopeth wyt ti eisiau wedyn."

Meddyliais am y peth. Pan oeddwn i'n hogyn bach byddai Mam yn dweud y bydden ni'n gwneud hynny un diwrnod. Mynd i lawr i Mexico. Hi a fi. Gyda'r nos yn y cwt arferai eistedd a sôn am fynd ar y trên. Nid fel dau dramp, ond wedi talu am ein ticedi. Yna fe brynen ni gartref bychan yn y de lle roedd y tywydd yn gynhesach. California efallai. Fydden ni'n dau yn iawn, a fyddai'n planhigion ni ddim yn marw oherwydd roedd yno ddigon o haul a'r gaeaf ddim mor oer ag yn Chicago.

Roedd Jay wedi amseru popeth ar gyfer y lladrad, ond wyddai o ddim byd am fapiau ffyrdd a stryd. Fedrai o ddim sgrifennu. Roedd enw'r banc a'r ffordd roedden ni am fynd yno i gyd yn fy sgrifen i. Gwnaeth hynny bethau'n ddu iawn i mi yn y llys yn ddiweddarach.

Cefais y gwn gan Jay. Dyna deimlad gwych

oedd cydio yn y gwn. Gwneud i mi deimlo'n dipyn o ddyn. Roedd hi'n braf teimlo'i bwysau yn fy llaw a dechreuais ei droi a'i drosi fel roedd y cowbois yn arfer ei wneud yn y Gorllewin Gwyllt.

"Well iti ddysgu sut mae tanio hwnna," meddai Jay fel roedden ni'n cyrraedd y banc.

Tra roedden ni'n aros tu allan dangosodd y botwm diogelwch i mi. Yna gwelson ni'r rheolwr yn gadael y banc.

"Cadw lygad," meddai Jay a mynd i mewn i ddwyn yr arian.

Pwysais yn erbyn y car. Roedd hi'n ddiwrnod oer. Meddyliais mor braf fyddai hi yn y de lle mae hi'n gynnes braf. Roedd y gwn ym mhoced fy nghôt, fy mysedd yn chwarae efo'r botwm diogelwch. Yn ei droi ymlaen – un, i ffwrdd – dau.

Un, dau. Un, dau.

Rhedodd Jay allan. Ddyliwn i fod wedi sylweddoli bod rhywbeth o'i le pan welais ei fod yn rhedeg, ond roeddwn i'n gwylio bachgen bach gyda'i fam dafliad carreg i lawr y stryd yn edrych ar ffenest siop deganau. Ac wrth eu gwylio nhw, yn dal i chwarae efo'r botwm.

Un, dau. Un, dau. Un.

"Deffra, Marty! Er mwyn y nefoedd! I mewn i'r car!"

Troi. Gweld gwarchodwr banc yn rhedeg ar ôl Jay. Soniodd neb 'run gair am ddyn yn gwarchod y banc. Roedd ganddo reiffl. Taniodd.

Syrthiodd Jay. Gwaeddodd: "Dw i wedi marw! Dw i wedi marw! Mae o wedi fy lladd i! Dw i wedi marw!"

Doedd o ddim wedi marw. Wedi baglu oedd o ac wedi torri'i ffêr. Doedd o ddim wedi cael ei daro. Ond wyddwn i ddim bryd hynny. Jay yn gweiddi ac yn crio ac yn sgrechian. Y dyn yn codi'i reiffl wedyn. Cynhyrfu. Dychryn. Anelu'r gwn ato. Doeddwn i ddim yn bwriadu saethu neb na dim, ond anelais y gwn. Gwasgais. Saethais. Neidiodd y gwn yn fy llaw. Siglodd y dyn ar ei sodlau. Llithrodd y reiffl o'i ddwylo. Clywais o'n clencian ar y palmant. Edrychodd y dyn ar ei frest. Edrychais innau ar ei frest. Ar ei siaced wedi rhwygo. Ar y saeth o waed coch yn pistyllio allan.

Clywais y plentyn yn crio a dyna'r fam yn dechrau sgrechian nerth esgyrn ei phen. Swniai popeth yn bell i ffwrdd. Fel lleisiau ar y radio. Ddywedais i ddim byd. Ddywedodd y dyn ddim chwaith. Syllodd y ddau ohonon ni ar ein gilydd. Welais i erioed edrychiad fel yna ar wyneb neb o'r blaen. Gwyddai ei fod yn mynd i farw.

Yna digwyddodd popeth yn gyflym iawn. Yn rhy gyflym i mi fedru gwneud dim byd. Syrthiodd y gwarchodwr i lawr. Clec ddychrynllyd. Siglodd ymlaen yn simsan a syrthio'n fflat ar ei wyneb reit wrth fy nhraed.

Sgrechiodd seiren car heddlu. Sgrechiodd y wraig yn uwch ac yn uwch. Sŵn byddarol ym mhobman o'm cwmpas yn sydyn. Fel petai rhywun wedi pwyso swits a throi'r sŵn ymlaen. Seiren yr heddlu yn dod yn nes ac yn nes. Nadu a nadu. A'r sgrechian. Yng nghanol fy mhen.

"Cau dy geg!" gwaeddais. "Cau dy geg! Cau dy geg!"

Ond wnaeth hi ddim.

Taniais y gwn i'r awyr. Dim ond i gau'i hen geg hi.

Sbonciodd y bwled oddi ar do ac aeth drwy'i hwyneb hi.

Mewn 20 eiliad roeddwn i wedi lladd dau o bobl.

Pennod 3

Cynllunio i Ddianc

Felly mae'n ddigon hawdd deall pam nad oeddwn i'n awyddus i helpu efo cynllun rhywun arall.

Ond roedd Taylor fel ci efo asgwrn.

Closiodd ata i un diwrnod yng ngweithdy'r carchar. Dechrau sibrwd yn fy nghlust:

"Byddai'r rhan fwyaf o fechgyn yn fan'ma wrth eu bodd yn cael cyfle i helpu i ddianc o'r lle yma. Os na wnei di fachu ar y cyfle yma i ddianc, byddi di yma am byth. Clywais i beth wnest ti. Llofruddio ddwywaith! Trosedd cosb eithaf. Betia i dy fod ti'n gweld dy hun yn lwcus na chest ti dy yrru i'r gadair drydan. Arhosa di nes byddi di wedi bod yma am ychydig o flynyddoedd. Erbyn hynny byddai'n dda gen ti petaet ti wedi cael mynd iddi hi. I gael dy ffrio."

"Dydw i ddim eisiau gadael," atebais. "Newydd gyrraedd ydw i."

"Ie. Mae'n iawn ar y funud. Ond cyn bo hir bydd y diflastod yn dy lethu di. Dydd ar ôl dydd ar ôl dydd i gyd fel ei gilydd. Yn fuan byddi di 'run fath â'r lleill i gyd, am y cyntaf yn y ciw i gael llond dwrn o'r tabledi melyn yna maen nhw'n eu rhannu i dy helpu di i gysgu."

"Dydw i ddim yn gwrando, Taylor," meddwn i.

"Mae'r peth mor syml, Marty. Cydio mewn darn o sebon. Cropian drwy bibell wynt. Gwthio dy law drwy'r bariau yn y pen arall ac estyn allwedd yn hongian yno. Gwneud ei siâp yn y sebon a chropian yn ôl. Neb ddim callach fod dim byd wedi digwydd."

"Be wedyn?"

"Bydd rhywun yn gwneud allwedd o'r siâp yn y sebon. Mae 'na ddyn yn y gweithdy fydd yn medru gwneud hynny. Mae popeth arall yn barod. Ymosod ar y sgriws yn ystod y ffilm nos Sadwrn. Mae'r tŵls i wahanu'r bariau i'r galeri lle mae'r gynau yn barod. Bydd dy allwedd di yn agor drws y gell reoli.

"Awn ni am y sgriw sy'n gofalu am y lifar sy'n rheoli drws y celloedd a throi pawb yn rhydd. Fydd hi'n draed moch. Ni'n pedwar yn ei gwadnu hi o'ma, sleifio i lawr at y lanfa, cipio cwch ac i ffwrdd â ni."

"Does neb wedi dianc o Alcatraz o'r blaen."

"Dyna be maen nhw eisiau i ni feddwl," meddai Taylor. "Ond rai blynyddoedd yn ôl llwyddodd carcharor o'r enw Don Hill i ddianc.

Gweithio yn yr ardd oedd o. Diflannodd un diwrnod. Welodd neb o'n mynd."

"Darllenais i am hynna," meddwn i. "Dim siw na miw amdano fo byth wedyn."

"Dw i'n meddwl ei fod o wedi dianc," meddai Taylor. "Roedd o wedi sôn wrth y dyn oedd yn rhannu'i gell ei fod o'n gwneud cwch allan o fagiau cario gwrtaith gardd."

Ysgydwais fy mhen.

"Dywedodd y Warden wrth y papurau newydd ei fod o wedi boddi yn y bae. Tonnau gwyllt gynddeiriog allan yn fan'na. Digon amdano fo."

"Mae'n rhaid iddyn nhw ddweud rhywbeth fel'na," meddai Taylor. "Dydy'r plismyn ddim yn mynd i gyfaddef wrthon ni ei fod o wedi llwyddo i ddianc. A dydy o ddim yn mynd i'w ffonio nhw i ddweud ei fod o'n rhydd, nac ydy? Petaet ti'n llwyddo i ddianc, Marty, f'asat ti ddim yn eu ffonio nhw ac yn dweud dy fod ti yn Oklahoma, na f'asat?"

"Na f'aswn," meddwn i. "F'aswn i'n mynd i lawr i Mexico ac yn gyrru cerdyn iddyn nhw o fan'no."

Edrychodd Taylor arna i'n rhyfedd iawn. Yna chwarddodd. "Un doniol wyt ti, Marty. Cymeriad a hanner."

"Waeth iti un gair mwy na chant," meddwn i. "Na ydy'r ateb."

Ochneidiodd Taylor.

"Y peth ydy, Marty, does gen ti ddim dewis. Pan fydd *Cut Throat Carter* yn gofyn iti wneud rhywbeth, nid cwestiwn ydy o."

"*Cut Throat Carter?*"

Tynnodd ei law ar draws ei wddf.

"Dyna mae Carter yn ei wneud. Wedi lladd tua 16 o ddynion i'r gangiau cyn i'r plismyn ei ddal, medden nhw.

"*Wrth ei fodd* yn rhoi llafn drwy bibell wynt. Rhywun wedi ei chael hi ym mhob carchar y bu ynddo. Wyt ti eisiau bod yr un sy'n ei chael hi'r tro yma? *Wyt ti?*"

"Dim ond llwyau ydan ni'n gael i fwyta," atebais. "A mae 'na reolau llym yn fan'ma. Sut câi o afael ar lafn yn Alcatraz?"

Rhoddodd Taylor ei fys ar ochr ei drwyn.

Wela i ddim sut y medr hyd yn oed gangster mawr fel *Cut Throat Carter* gael gafael ar gyllell i mewn yn fan'ma.

Wyddoch chi byth pa bryd bydd yna archwiliad yma. Maen nhw'n digwydd o hyd ac o hyd. Tynnu pob cell yn gareiau. Sefyll yn noethlymun gorn heb ddim amdanon ni er mwyn iddyn nhw gael chwilio pobman, a dw i'n meddwl *pobman.*

Maen nhw hefyd yn defnyddio darganfyddwyr metel drwy'r carchar i gyd. "Bocsys sbecian" maen nhw'n eu galw nhw. Mae'n rhaid i ymwelwyr fynd drwy un cyn cael dod i mewn. A'r clychau'n diasbedain os ydy rhywun yn cario unrhyw beth metel.

Mae yna stori am y dyn mwyaf enwog fu yn Alcatraz – Al Capone. Daeth ei fam i'w weld cyn gynted ag y cafodd ei anfon yma. Twrw dychrynllyd am fod darnau metel yn ei ddillad isaf. Roedd yn rhaid i wraig un o'r swyddogion carchar ei harchwilio hi.

Dychrynnodd yr hen Mrs Capone am ei bywyd. Ddaeth hi byth ar gyfyl y lle wedyn. Meddyliwch. Yn y carchar am yr holl flynyddoedd a'ch mam byth yn dod i'ch gweld.

****

Fi oedd yr olaf allan o'r gweithdai y diwrnod hwnnw. Roedd yn rhaid i ni gerdded allan ac i fyny grisiau i gyrraedd yn ôl i'r prif adeilad.

Draw yn un pen i'r carchar, tu cefn i ffens weiren uchel roedd cartrefi'r swyddogion priod.

Ar ddarn o welltglas wrth ymyl lein ddillad roedd bachgen bach yn chwarae pêl.

Gwyliais o am funud. Yn cofio chwarae pêl efo Mam.

Yna bownsiodd y bêl i fyny dros ffens yr ardd a rholio reit i lawr y lôn fach allanol lle mae'r biniau sbwriel yn cael eu cadw. Rhedodd ar ei hôl hi.

"Hei!" gwaeddais. "Lluchia hi i mi!"

Edrychodd arnaf.

Gwenais a chodi fy llaw.

Cododd ei law yn ôl.

Amneidiais arno i ddod draw. Ac fe ddaeth.

Gwthiodd ei law fach drwy un o'r rheiliau ar ei ochr ei hun, ac ymestynnais allan.

Ond roedd y ffens weiren ar fy ochr i'n rhy bell i ffwrdd. Roedd o'n gwenu'n braf. Dim ond eisiau ei gyffwrdd oeddwn i. Edrychai ei groen mor lân a meddal.

Yna rhuthrodd ei fam ato a'i gipio yn ei breichiau. Wela i ddim bai arni hi. Petai gen i fachgen bach fyddwn i ddim eisiau iddo edrych ar rywun fel fi.

Mae'n rhaid ei bod hi wedi dweud rhywbeth wrth rywun.

Y noson honno daeth rhai o'r swyddogion i 'nghell i a dyrnu'r enaid allan ohona i.

"Clywson ni nad wyt ti'n dilyn y rheolau, Marty."

"Paid â siarad, na chodi dy law, na hyd yn oed *edrych* ar neb heb ganiatâd."

"Paid â gwneud dim byd os na fyddwn ni'n rhoi caniatâd. Deall? Rheol Pump. Y cyfan gei di ydy bwyd, dillad, cysgod a sylw gan feddyg."

"Ie, Marty," ychwanegodd un ohonyn nhw ar y ffordd allan. "Dos i weld y doctor fory, a gofala dy fod ti'n cael sylw. Mae gen ti friw cas ar dy ben."

"Pa friw?" gofynnais.

"Hwn."

A dyrnodd fy wyneb yn galed yn erbyn bariau fy nghell.

Pennod 4

Yr Achos

Y diwrnod wedyn es i i ysbyty'r carchar.

"Be ddigwyddodd i ti?" gofynnodd y meddyg.

"Taro yn erbyn drws."

Rhoddodd stwff ar y briw uwchben fy llygaid. Roedd yn llosgi'n ddychrynllyd.

Yna pwythodd y meddyg fy mhen. Gwthiodd y nodwydd yn syth i mewn. Dim byd i ladd poen i ddechrau na dim byd rhag iddo frifo. Sgrechiais.

"Taw, wir!" meddai. "Rydych chi i gyd 'run fath. Cwyno ar ddim. Peltio pobl eraill efo plwm ond yn gwneud twrw mawr wrth gael pwyth bach yn eich pennau. Digwyddodd 'run peth yn union yr wythnos ddiwethaf. Wedi agor rhywun o glust i glust, ac yna'n sgrechian wrth i mi geisio trin ploryn ar ei ben ôl."

"*Cut Throat Carter* ydych chi'n feddwl?" holais.

"*Cut Throat Carter* wir!" wfftiodd y meddyg. "Brian Winkel ydy ei enw iawn."

Nefoedd yr adar! *Brian Winkel*!

"Doedd ganddo fo fawr o ddewis, nac oedd?" meddwn i wrth y meddyg. "Efo enw fel Brian Winkel. Mae pawb i fod i fynnu tipyn o barch iddo fo'i hun. Dw i'n deall yn iawn pam roedd yn rhaid iddo newid ei enw."

"Wel," atebodd y meddyg. "Mae ffyrdd eraill o ennill parch yn hytrach na newid dy enw. O

Chicago wyt ti'n dod, ynte? Ti'n siŵr o fod yn gwybod am Adeilad Wrigley? Ar *North Michigan Avenue?*"

"Ydw."

"Adeilad clyfar, yntê?"

Nodiais.

"Mae gwm cnoi *Wrigleys* yn enwog drwy'r byd, ond efo enw fel yna, betia i fod Wrigley bach wedi cael ei wawdio drwy'r adeg yn yr ysgol.

"Hyd y gwela i, mi fedrai Mr Wrigley fod wedi rhoi'r ffidil yn y to. Dydy cael bwlis yn galw enwau arnat ti yn fawr o hwyl. Ond na, llwyddodd o i'w hanwybyddu nhw a sefydlu busnes gwm cnoi. Teyrnas iddo fo'i hun. Fo sy'n chwerthin erbyn hyn. Betia i ei fod o'n edrych i lawr ar yr holl dai bychan rhad yna ar y ffordd i'r Bahamas yn ei jet breifat ac yn meddwl, "Fi sy'n chwerthin rŵan, y diawliaid!"

"Ydy, mae'n debyg," meddwn i.

Tynnodd y meddyg fy ffeil feddygol allan i sgrifennu nodiadau ynddi. Darllenodd f'enw ar y tu allan. "Marty King. Wel Marty, efo enw fel yna does dim rhaid i ti brofi dim byd i neb!"

Ond doedd o ddim yn iawn. Roeddwn i'n meddwl bod yn rhaid i mi.

"Brenin fy Nghalon" oedd Mam yn fy ngalw i pan oeddwn yn fach. Bob dydd Sant Ffolant byddai'n anfon cerdyn Ffolant i mi efo'r union eiriau hynny wedi'u sgrifennu arno. "Cariad mawr, Marty. Brenin fy Nghalon."

Trodd fy nhad ei gefn arnon ni pan oeddwn i'n rhyw dair oed. Ond roedden ni'n dau'n berffaith iawn hebddo fo. Roedden ni'n byw mewn hen gwt bach wrth ymyl iardiau nwyddau rheilffordd Chicago ac yn chwilota drwy'r wagenni nwyddau.

Roedd y wagenni hynny'n llawn dop o bethau i'w gwerthu yn y siopau lawr y dref. Roedden ni'n sleifio ymysg y tryciau a'r cerbydau gefn nos, yn cymryd beth bynnag oedd ar gael.

Syndod mor esgeulus oedd y plismyn rheilffordd. Ond roedden nhw wedi hen arfer troi pen draw. Roedd dwylo blewog gan y rhan fwyaf ohonyn nhw'u hunain ac roedden nhw'n delio efo'r giangiau mawr. Ond roedden ni'n cadw'n ddigon pell oddi wrth y math hynny o beth. Dim ond cipio tipyn yma ac acw. Ond weithiau byddwn i'n meddwl sut deimlad fyddai bod yng nghanol gwir gyffro. Bod efo'r gangsters go iawn.

Doedd Mam ddim yn ei alw'n ddwyn, a'r gwir ydy na feddyliais i erioed amdano felly. Doedd dim gwasanaeth lles o gwbl y dyddiau hynny felly fydden ni wedi llwgu petaen ni ddim wedi cymryd y pethau. A dydy hynny ddim yn iawn, nac ydy?

Un stafell oedd yn y cwt ond roedd Mam wedi gwneud y lle yn ddigon o ryfeddod o glyd a braf. Gofalai gadw'r lle fel pin mewn papur. Roedd hi wedi torri lluniau allan o gylchgronau i'w rhoi ar

y waliau. O dan ffenest y to roedden ni'n tyfu
tomatos a llysiau eraill ac roedden ni'n dau yn
iawn.

Doeddwn i ddim yn mynd i'r ysgol yn aml.
Wedi blino gormod ar ôl gweithio drwy'r nos.
Ond dysgodd Mam fi i ddarllen a sgrifennu.
Byddai pobl yn dod draw bob hyn a hyn i holi
pam nad oeddwn i yn yr ysgol ond y rhan fwyaf
o'r amser roedden ni'n cael llonydd. Doedden ni
ddim yn werth y drafferth. Codai'r cŵn a
grwydrai o gwmpas iardiau'r rheilffordd ofn
arnyn nhw.

Pan oeddwn i yn mynd i'r ysgol, dim ond un
o'r athrawon oedd yn dangos unrhyw ddiddordeb
ynof i. Miss Green oedd ei henw hi. Dynes denau,
chwyrn yr olwg ond fyddai hi byth yn defnyddio'r
gansen fel yr athrawon eraill. Yn lle hynny,
byddai'n dweud storïau wrthon ni.

Os oedden ni wedi gweithio'n galed ac yn
byhafio'n dda, ar ddiwedd yr wythnos roedden

ni'n cael stori. Hen, hen hanesion am arwyr Groegaidd a Rhufeinig a duwiau. Roedd pawb yn y dosbarth wrth eu bodd efo nhw. Gymaint felly fel y byddai'r bechgyn mawr caled yn dweud y bydden nhw'n dyrnu'r gweddill ohonon ni os na fydden ni'n byhafio oherwydd doedden nhw ddim eisiau colli stori. Fyddwn i byth ymhell pan fyddai yna ymladd. Ar yr ymylon bob amser. Yn rhy fychan i fod yn ei chanol hi ond yn dyheu am fod yn un o'r criw.

Byddai Miss Green yn dweud, "Marty King, cadw di draw oddi wrth yr hen fechgyn drwg yna. Paid ti â gwrando ar eu brolio hurt. Hen fabis ydyn nhw yn y bôn. Cofia mai llestri gweigion sy'n gwneud mwyaf o sŵn."

Yna bu Mam farw. Ei sgyfaint yn stopio gweithio a fedrai dim byd ei hachub hi. Gofynnodd gwraig yn yr ysbyty pwy arall oedd gartref.

"Mae angen rhywun i edrych ar d'ôl di, 'ngwas i," meddai hi.

Roedd hi mor glên a charedig. Dywedais y gwir wrthi, fod Dad wedi troi'i gefn arnon ni ac wedi hel ei draed flynyddoedd yn ôl ac nad oedd 'na neb arall. Dywedodd hi y byddai'n gofalu amdana i. Roeddwn i wir yn meddwl mai hi fyddai'n gwneud. Ei bod hi am fynd â fi efo hi i'w chartref ei hun am ei bod yn fy hoffi i gymaint. Dim ffiars o berryg. Edrychodd ar f'ôl i'n iawn, o do. Aethon nhw â fi i gartref plant. A wyddoch chi'r pethau sy'n cael eu dweud am gartrefi plant y dyddiau hyn, wel roedden nhw i gyd yn digwydd yn fan'no, coeliwch chi fi.

Un ffrind oedd gen i. Jay. Roedd o'n hŷn na fi. Roedd ei fam yntau wedi marw a'i dad a'i frawd mewn carchar am gyfnod hir. Cyn bo hir meddyliais, *Does dim rhaid i mi aros yn fan'ma, mae gen i gartref fy hun.* Felly gwyliais fy nghyfle a'i gwadnu hi. Gwyddwn yn iawn mai'r cwt oedd y lle cyntaf y bydden nhw'n chwilio amdana i felly es i ddim ar gyfyl y lle am gyfnod. Ond ymhen tipyn es yn ôl i iardiau'r rheilffordd.

Roedd rhywun wedi torri i mewn i'r cwt.
Y ffenestri wedi eu malu'n deilchion a'r drws yn hongian yn flêr. Roedd y planhigion i gyd wedi marw a'r glaw wedi dod i mewn a difetha lluniau Mam. Y lle'n berwi o lygod mawr, a phethau tlws Mam i gyd wedi eu difetha. Doedd gen i unman arall i fynd.

Doedd hi'n fawr o hwyl mynd drwy'r tryciau gefn nos ar fy mhen fy hun heb Mam ac roeddwn i'n unig iawn. Felly pan gyrhaeddodd Jay roeddwn i'n falch o'i weld ac yn barod i wrando arno. Fo a'i storïau tylwyth teg – fel byddai popeth mor wych, ac mor gyfoethog fydden ni'n dau.

Dweud celwyddau oedd o. Dweud mor hawdd fyddai dwyn o'r banc. Dywedodd gelwydd yn yr achos. Dweud mai fy syniad i oedd y cyfan. Yr hen ddiawl. Dywedodd wrth y plismyn mai fi oedd wedi cynllunio popeth. Dangosodd fy sgrifennu i ar y map iddyn nhw. Gwnaeth i bethau edrych yn ddu i mi.

Dyliwn i fod wedi mynd i'r gadair drydan ond digwyddodd rhywbeth. Rhywbeth anodd ei gredu.

Roedd yr athrawes, Miss Green, wedi darllen fy hanes i yn y papur newydd. Daeth ymlaen fel tyst cymeriad, i ddweud wrthyn nhw fy mod yn fachgen da. Safodd yn y bocs tystion a dweud mor hawdd oedd dylanwadu arna i. Dywedodd 'mod i'n byw yn fy myd bach fy hun ac yn meddwl y gorau am bawb. Ac mai'r byd oedd wedi gwneud cam â fi, nid fel arall rownd.

Roeddwn i'n hoffi hynny. Doeddwn i ddim yn rhy hoff o'r darn lle dywedodd hi nad oedd bosib 'mod i wedi cynllunio'r lladrad. Gwneud i mi swnio'n dwp.

"Amhosib iddo fod wedi gwneud rhywbeth fel yma," meddai hi wrth y barnwr. "Does gan y bachgen ddim digon yn ei ben i feddwl am y fath gynllun."

Aeth hi ymlaen am gryn dipyn o amser. Ddeallais i ddim hanner yr hyn ddywedodd hi.

"Marty, ydych chi'n cytuno efo beth mae Miss Green, eich tyst cymeriad, yn ei ddweud amdanoch chi?" gofynnodd y barnwr i mi.

Edrychais ar Miss Green, yna arno fo, ac yn ôl ar Miss Green wedyn.

"Be?" gofynnais.

"Chi'n gweld be ydw i'n feddwl?" meddai Miss Green. "Dydy o ddim efo ni hanner yr amser. Does ganddo fo ddim digon yn ei ben i gynllunio unrhyw ladrad."

"Pan fyddi di yn y bocs tystion," meddai'r cyfreithiwr. "Edrych fel petaet ti'n difaru am be wyt ti wedi'i wneud. Paid â dweud fawr ddim. Cria os medri di."

Wel, roedd hynny'n ddigon hawdd. Meddyliais am y wraig yn sefyll tu allan i'r banc efo'i hogyn bach, ac fel roedd fy mwled i wedi mynd i'w hwyneb. Roedd hynny'n fy ngwneud i'n sobor o drist.

Roedd fy mwled i wedi bownsio oddi ar y to. Ac wedi lladd gwraig. Trybowndian oedden nhw wedi'i alw fo. Wyddwn i ddim hyd yn oed beth oedd *trybowndian*. Roedd yn rhaid i mi ofyn i rywun yn nes ymlaen. Ond fe griais i. Meddyliais am y plentyn bach yna heb fam. Gwyddwn sut roedd o'n teimlo. Dywedodd y cyfreithiwr wrthyf am siarad yn uchel. Felly dyna wnes i. Soniais wrthyn nhw ynghylch Mam a'r cwt ac fel roedden ni bron â llwgu bob gaeaf.

Mynnai'r cyfreithiwr dorri ar fy nhraws. Yn newid beth roeddwn i'n ei ddweud. Yn defnyddio geiriau hir, anodd.

"Edrychwch ar yr hogyn yma," taranodd. "Yn denau fel brân. Wedi hanner llwgu. Gwarth ar ein cymdeithas yn gadael i fachgen a anwyd yn America i orfod byw fel yna."

Waw! Roedd o'n wych! Bron nad oeddwn i'n ei goelio fy hun. Dywedodd fod fy nhad wedi cael ei ladd yn y Rhyfel. Celwydd noeth. Ond gwnaeth i bawb wrando. "Arwr syrthiodd dros ei wlad," meddai.

Wel, roedd y syrthio, beth bynnag, yn wir. Cyn iddo adael roedd Dad yn syrthio ar ei wyneb bron bob noson o'r wythnos. Wedi meddwi.

Felly es i ddim i'r gadair drydan. Ces i ddwy ddedfryd o garchar am oes yn lle hynny. Ond doedd y stori ddim ar ben. O nac oedd.

Ar y ffordd i garchar y dalaith efo dyn arall, doedd y swyddog, oedd yn ddyn ffeind, ddim wedi rhoi cyffion arna i. Roeddwn i'n ei atgoffa o'i fab ei hun, meddai fo. Roedd fy ngarddyrnau i mor denau beth bynnag. Roedd ganddo fo wn, felly roedd o'n meddwl y byddai popeth yn iawn.

Am ryw reswm, fel roedden ni'n cerdded allan i'r fan, trodd yr ail swyddog yn ôl. Felly dyna'r carcharor arall oedd efo fi yn dyrnu'r swyddog oedd efo fi ar ochr ei ben efo'i ddau ddwrn ac yna'n cicio'i ben pan oedd ar lawr. Gwaeddodd arna i, "Chawn ni byth gyfle fel hyn eto. Chdi na fi, Marty. Rydan ni'n dau yn hyn efo'n gilydd. Ty'd 'laen!"

Felly fe es i. Fe neidion ni i'r fan a gyrrais fel cath i gythraul cyn belled ag y medrwn i. Camgymeriad oedd hynny. Gyrrais i'r dalaith nesaf. Ar ein pennau i bolyn teleffon. Mae dwyn cerbyd a mynd â fo i'r dalaith nesaf yn fwy na throsedd leol. Mae'n drosedd yn erbyn y wlad i gyd - yr Unol Daleithau. Trosedd ddifrifol. Felly nid i garchar talaith mae rhywun yn cael ei yrru ond i garchar yr Unol Daleithau.

Dywedais mai damwain oedd hi.

Dywedon nhw fy mod i'n droseddwr di-droi-nôl.

Di-droi-nôl. Wyddwn i ddim beth oedd hynny'n ei feddwl chwaith.

Roedd o'n meddwl eu bod nhw'n fy ngyrru i Alcatraz. Tra roeddwn i'n aros i fynd yno, dywedodd y carcharorion eraill eu bod nhw'n genfigennus. Dim ond y bois mawr oedd yn mynd ar y Graig medden nhw. Dyna ble roedden nhw wedi anfon Floyd Hamilton, y dyn oedd yn gyrru i Bonnie a Clyde, ac Al Capone, a'r Dyn Adar, a *Kelly Machine Gun*, a phawb arall.

"Byddi di efo'r bechgyn mawr, Marty," medden nhw. "Bechod na fasen ni efo ti."

Ac roeddwn i'n eu credu nhw.

Pennod 5

Cut Throat Carter

"Hen friw cas ydy hwnna, Marty."

Safai Taylor wrth f'ochr yn yr iard ymarfer.

Codais fy llaw i gyffwrdd fy nhalcen lle roedd y meddyg wedi pwytho ond ddywedais i ddim gair o 'mhen.

"Clywodd *Cut Throat Carter* beth ddigwyddodd," meddai Taylor, "ac mae ganddo fo biti drosot ti. Doedd hynna ddim yn deg, meddai fo. Gan dy fod ti'n newydd a ddim yn gwybod y rheolau." A dyna fo'n rhoi ei law am f'ysgwyddau. "Paid â phoeni, Marty. Dyna'i neges o i ti. Gofalith o am y swyddog wnaeth hynna iti."

Ond welwn i yn fy myw sut y medrai o, gan mai carcharor oedd yntau hefyd.

Rai dyddiau yn ddiweddarach roedd yn rhaid mynd â'r swyddog hwnnw ar y cwch drosodd i ysbyty San Fransisco.

Poenau yn ei fol.

Bu'n wael am fis neu ragor.

Gwyddwn mai carcharorion oedd yn paratoi bwyd y swyddogion yn y ceginau. Gwyddwn hefyd mai'r carcharorion roedden nhw'n ymddiried fwyaf ynddyn nhw oedd y rheiny a'u bod yn cadw llygad barcud arnyn nhw drwy'r adeg.

Ond dyna i chi beth ddigwyddodd.

Mae'r Carter yma, Cut Throat Carter, yn nabod y bobl iawn, sylweddolais.

Yna daeth *Cut Throat Carter* ei hun i siarad efo fi.

Fel roedd o'n dod draw, dyma'r hogiau oedd yn sefyll efo fi yn diflannu fel niwl.

Yn sydyn roeddwn ar fy mhen fy hun yng nghanol lle gwag mawr yn yr iard ymarfer. Rhaid i mi gyfaddef fy mod yn crynu yn fy sodlau.

Nodiodd.

Nodiais innau.

"Diolch am ... am ... am y swyddog yna."

Daeth fy llais allan yn llawer mwy gwichlyd nag roeddwn i'n bwriadu.

"Popeth yn iawn, Marty," meddai, yn dawel iawn. "Dw i'n dda am ... ," cymerodd saib, "... am roi trefn ar bobl sydd angen cadw trefn arnyn nhw."

Ddywedodd o ddim byd arall ond symudodd o ddim draw chwaith.

Gwnaeth i mi deimlo ar bigau'r drain.

Meddyliais fod yn well i mi ddweud rhywbeth, felly agorais fy ngheg.

Ond cyn i mi fedru dweud yr un gair, meddai *Cut Throat Carter*, "Roedd Taylor yn dweud nad oeddet ti'n credu y medrwn i agor gwddw neb yn y carchar yma."

Erbyn hyn roeddwn i ofn drwy waed fy nghalon ac atal dweud mawr arnaf: "Dd-dd-ddim yn h-h-h-hollol, Mr Carter. D-d-dweud wnes i y g-g-gallai hi fod yn anodd i gael gafael ar gyllell efo'r s-s-swyddogion yn ein gwylio ni mor o-o-ofalus drwy'r a-a-a-adeg."

"Felly rwyt ti'n meddwl na fedrwn i ddim trywanu rhywun yn yr union le dw i isio gwneud?"

Closiodd ata i.

"Fel yn fanna?" a dyna fo'n ymestyn un bys allan ac yn ei dynnu'n ysgafn, mor, mor ysgafn, ar hyd ochr fy ngwddw.

Llyncais fy mhoeri, fy llygaid bron â neidio allan o'm pen. Feiddiwn i ddim anadlu.

Yna chwarddodd a thynnu ei law oddi yno.

"Ti'n llygad dy le, Marty," meddai. "Sut yn y byd mawr y medrwn i drefnu rhywbeth felly?"

Ymlaciais ychydig.

Camodd yn ôl a phwyso yn erbyn y wal.

Edrychodd arna i i wneud yn siŵr fy mod yn gwylio, yna trodd a nodio ar Taylor yn sefyll dafliad carreg i ffwrdd.

Yr eiliad honno, tyrrodd pawb at ei gilydd i ganol yr iard gan weiddi a sgrechian.

Swyddogion ar y wal yn chwythu eu pibau ar

unwaith a'r clychau'n canu'n fyddarol. Y gwylwyr ar y tŵr yn tanio dros ein pennau.

Yna, fel un, tawodd y carcharorion i gyd. Gwahanodd pawb a symud fesul un neu ddau i sefyll wrth y waliau.

Heblaw un dyn.

Roedd o'n gorwedd ar y llawr.

Yng nghanol yr iard.

Efo cyllell drwy'i wddf.

Pennod 6

Dan Glo

Felly roeddwn i'n rhan o'r cynllun dianc. Doedd gen i ddim dewis.

Y noson honno gorweddais ar fy ngwely yn gwrando ar y curo ar y pibellau a'r sibrwd – y carcharorion yn anfon negeseuon o gell i gell.

Roeddwn yn meddwl, *Mae beth ddywedodd Miss Green mor, mor wir,* "Unwaith rwyt ti wedi gwneud un peth drwg, mae'r nesa'n dilyn yn syth ar ei sodlau. Llwybr llithrig sy'n mynd i garchar."

Doedd gen i ddim dewis. Galwai'r dynion yn y celloedd o'm cwmpas arna i.

"Roedd o wedi'i drefnu, Marty. Rhybudd gan *Cut Throat Carter* i ti fod yn ufudd."

Roeddwn wedi sylweddoli hynny fy hun. Dydw i ddim yn hurt.

"Y dyn yna. Yr un gafodd ei drywanu. Mae o'n dal yn fyw. Fydd y nesa ddim mor ffodus."

"Does dim angen cyllell i drywanu dyn," eglurodd rhywun arall. "Llwy finiog oedd ganddyn nhw."

Ddywedodd neb pwy oedd wedi gwneud. Soniodd neb 'run gair, ddim hyd yn oed y dyn gafodd ei drywanu. Fyddwn ni garcharorion byth yn bradychu'n gilydd. Dyna maen nhw'n ei ddweud. Fel petai'n rhywbeth i frolio yn ei gylch. Ond, wrth gwrs, y gwir ydy nad oes neb yn dweud dim byd am fod pawb yn gwybod bod cyllell yn aros y cyntaf i agor ei geg.

Cafodd pob carcharor ei gadw dan glo yn ei gell am wythnos o gosb. Dim gwaith. Dim chwarae. Dim cawodydd. Dim ymarfer. Brechdanau i'w bwyta yn ein celloedd oedd y bwyd. Doedd hynny'n poeni fawr arna i, er bod rhai o'r lleill yn cwyno digon. Dyna un peth da ynghylch carchar cyn belled ag roeddwn i yn y cwestiwn. Yr unig beth efallai. Roeddwn i'n cael bwyd yn rheolaidd. Profiad newydd i mi.

Ond daeth dial. Dial ar y swyddogion am yr amser caled gawson ni ganddyn nhw. Sibrwd gefn nos. Chwibanu. Cyfarth. Udo. Am oriau. Drwy gydol y nos. A'r eco'n atseinio drwy'r celloedd, yn fwy digalon na'r corn niwl roedden ni'n ei glywed tu allan. Yn codi'r blew ar fy ngwegil, coeliwch chi fi.

A'r sibrwd, y sibrwd o hyd.

"Gwyliwch chi, Mistar Swyddog."

"Rydan ni'n dod ar eich ôl chi."

"Daliwn ni chi ryw ddiwrnod."

"Mae rhywun yn dynn ar eich sodlau chi."

"Peidiwch â throi rownd ... rownd ... rownd ..."

Pennod 7

Codi Twrw

Roedd y bibell wynt roedden nhw eisiau i mi fynd drwyddi yn wal y stafell fwyta, yn mynd yn syth am ychydig ac wedyn yn troi i'r dde ac yn rhedeg ar hyd y wal i'r pen draw i ymuno â'r brif siafft.

Gyferbyn â'r gyffordd yma roedd wal y brif gell lle roedden nhw'n cadw'r allwedd.

Bob amser paned, byddai Carter a Taylor a Frank Malone, y carcharor arall oedd yn dianc efo ni, yn dweud beth oedd raid i mi ei wneud.

"Unwaith rydan ni wedi dy godi di i mewn i'r bibell yna, Marty, tro i'r dde. Deall? Cropian dy ffordd i'r cefn ac wedyn i'r dde." Cododd Carter ei law dde.

"Iawn," meddwn i gan gyfeirio'r un ffordd.

Ond roedd o'n fy wynebu i ac felly roeddwn i wir yn codi fy llaw chwith.

"Hei, fy llaw chwith i ydy hon, yntê? Dwedwch hynna eto."

Dyna Frank yn crensian ei ddannedd. Symudodd Carter i sefyll wrth f'ochr i fel ein bod ni'n wynebu'r un ffordd. Eglurodd unwaith yn rhagor yn arafach. Ac wedyn. Ac wedyn. Fil a mwy o weithiau.

Cododd gur mawr yn fy mhen i. "Tewch," meddwn i wrthyn nhw. "Dim un gair rhagor."

"Rydan ni wedi bod yn cynllunio hyn ers blynyddoedd," chwyrnodd Frank. "Dw i ddim eisiau i ryw hogyn twp ddifetha popeth."

Neidiodd amdana i, ei ddwylo fel rhawiau. Cydiodd yn fy siaced a'm codi yn fy nghrynswth, fy nhraed yn siglo uwch ben y ddaear.

Camodd Taylor rhyngon ni.

Edrychodd Carter i gyfeiriad y gwylwyr ar y wal uwchben.

"Ara deg," meddai'n dawel, ei law yn mwytho fy moch. "Bydd yr hogyn yn gwneud yn iawn. Wrth gwrs y byddi di, Marty."

Rywsut, roedd arna i fwy o ofn ei law o ar fy wyneb na Frank yn cydio yn fy siaced gyda'i bawennau mawr.

Felly fe drefnon nhw i godi twrw yn y stafell fwyta.

Roedd pawb yn rhan ohono. Hyd yn oed y rheini oedd ddim am ddianc. Roedd pawb yn fodlon iawn creu helynt.

Unrhyw beth i dorri ar draws diflastod dyddiau sydd bob amser 'run fath am byth. Yr un bwyd ar yr un amser bob dydd, yr un hen sgwrs o hyd ac o hyd, dro ar ôl tro.

Dim ond ers ychydig fisoedd roeddwn i yno, ac yn barod roeddwn i wedi cael llond bol ac wedi hen laru ar glywed yr un peth ddydd ar ôl dydd.

Ar ganol amser swper un noson, cydiodd rhywun ar ben arall y bwrdd yn ei blât a'i luchio at y wal gan weiddi, "Bwyd moch ydy hwn!"

Ddwy eiliad yn ddiweddarach roedd 50 o ddynion wedi gwneud yr un peth yn union. Meinciau wedi eu troi drosodd. Pawb yn gweiddi. Dyrnu llwyau ar fygiau ac ar blatiau.

"At y drysau!" gwaeddodd y prif swyddog ar y lleill. "Rhowch glo ar y drysau!"

Allan â nhw mewn chwinc. Clep! Caeodd y drws tu cefn iddyn nhw.

Cyn gynted ag roedden nhw allan o'r stafell, cychwynnodd Frank ddatod gorchudd y bibell wynt. Chwipiodd Taylor y dillad oddi amdanaf a'r eiliad nesaf roeddwn yn cropian am fy mywyd drwy'r bibell yn noethlymun gorn. Cael a chael oedd hi er fy mod yn denau ac yn eiddil.

"Wyth neu naw munud yn unig fydd gen ti!"

Dyna roedd Taylor a Frank wedi'i ddweud. Dyna faint o amser mae'n gymryd i'r swyddogion ollwng y nwy dagrau i roi terfyn ar ffrwgwd.

Wrth gropian ar hyd y bibell edrychais i fyny.

Gwelais awyr las fendigedig uwch fy mhen. Gweld awyr las a meddwl, *Be sydd yn fy rhwystro i rhag dringo i fyny i fan'na? Dim byd. Fi ydy'r unig un digon bychan i ddianc y ffordd yma. Fedrwn i ei gwadnu allan ar fy mhen fy hun. Efallai.*

Arhosais rhyw ddeg eiliad, yn anadlu awyr iach unwaith yn rhagor. Gwych. A neb yn fy ngwylio'n anadlu.

Yna, cofiais am y dyn ar lawr yr iard ymarfer a'r gyllell yn ei wddw. Symudais dros y bwlch a sbecian rhwng y bariau i mewn i'r gell reoli.

Roedd Carter yn berffaith iawn. Roedd y swyddog yno wedi mynd i helpu'r lleill. Doedd dim gorchudd gwifren dros y twll yma fel ar ochr y carcharorion. Roedd y bariau'n ddigon pell oddi wrth ei gilydd i mi wthio fy llaw rhyngddyn nhw.

Estyn am yr allwedd.

Sŵn traed yn rhedeg.

Stopio.

Drws yn agor.

Methu tynnu fy llaw yn ôl mewn pryd.

Swyddog yn rhuthro i mewn.

Gorwedd efo fy wyneb wedi ei wasgu yn erbyn y twll, fy llaw allan yn yr awyr yn fan'no.

Gafaelodd y swyddog mewn pastwn oddi ar y bwrdd a rhedeg yn ôl allan.

Dechrau anadlu eto.

Gwasgais yr allwedd i mewn i'r sebon. Y ddwy ochr. Yn ofalus. Gwthio fy llaw allan i roi'r allwedd yn ôl yn ei lle.

Llithrais fel sliwen ar hyd y bibell yn gynt nag y dois i.

Sôn am groeso! Bron nad oedd yn werth ei wneud er mwyn hynny'n unig.

Dywedodd Carter fod eisiau gadael y sebon yn y bibell i'w gasglu'n nes ymlaen. Sgriwodd Frank y gorchudd yn ôl yn ei le a rhoi'r sgriwdreifar i'r carcharor oedd wedi cytuno i gael ei gosbi am ei fod ganddo. Gwisgais amdanaf a dywedodd y carcharorion wrth y swyddogion y bydden nhw'n ildio cyn iddyn nhw ollwng y nwy dagrau.

Dyna falch ohonyn nhw'u hunain oedd y

swyddogion, yn brolio fel roedden nhw wedi tawelu'r twrw o fewn chwarter awr.

Bron nad oeddwn i'n canu. Roedd pawb eisiau fy llongyfarch i. Eisiau ysgwyd fy llaw. Fi. Marty King.

Curodd Carter fi ar fy nghefn. "Hogyn clyfar!" meddai. "Ardderchog, Marty!"

Am y tro cyntaf erioed roeddwn i'n arwr.

Pennod 8

Ar Fy Mhen Fy Hun

Roedd hi'n galed iawn arnon ni yn Alcatraz ar ôl yr helynt yn y stafell fwyta.

Yn waeth nag erioed.

Y swyddogion yn ein gwylio ddydd a nos. Chwilio celloedd. Rhwygo matresi. Tynnu'r stwffin o bob gobennydd. Archwilio cyrff. Pob cornel. Pob twll, a hynny'n llawdrwm. Chwilio rhag ofn fod rhywun wedi cuddio rhywbeth i fyny'i ben-ôl hyd yn oed.

Chredech chi byth y pethau gawson nhw hyd iddyn nhw. Does gennych chi ddim syniad y pethau mae dyn yn gallu eu cuddio, na'r llefydd maen nhw'n gwneud hynny.

Roedd gan un dyn ddarnau bach o weiren wedi eu cuddio o dan ei amrannau. Un arall efo darnau bach o fetel o'r golwg rhwng ei ddannedd. Roedden nhw'n dweud y byddai Houdini yn arfer gwneud hynny. Dyna sut roedd o'n medru agor y cloeon ar ei gadwynnau.

Roedd Taylor a *Cut Throat Carter* wedi bod yn glyfar iawn i feddwl am adael y sebon efo ôl yr allwedd ynddo o'r golwg yn y bibell wynt.

Cadwon nhw bob copa walltog oedd yn y stafell fwyta y diwrnod hwnnw mewn cell ar ei ben ei hun am gyfnod. "Y Twll" maen nhw'n galw'r fan honno. Mae'r hen lawiau yn casáu'r lle â chas perffaith. Dynion yn gallu mynd yn wallgo yno medden nhw.

Does dim bariau ar y celloedd arbennig hynny yn bloc D. Dim byd ond drws 200 pwys o haearn soled. Ar y gwaelod mae silff arbennig i wthio'r bwyd i mewn. Mae yna ffenest i swyddog gael gweld i mewn, ond mae gorchudd drosti i gadw'r gell yn dywyll fel bol buwch.

Cefais innau fy nghadw ar fy mhen fy hun. Mae'n wir fod y lle yn ddigon i ddrysu rhywun. Dim golau dydd. Dim nos. Dim amser o'r dydd. Dim byd.

Daeth Mam i 'ngweld i un noson. Wn i ddim sut daeth hi i mewn. Dw i ddim yn cofio clywed y drws yn agor, ond dyna lle roedd hi, yn eistedd ar y llawr wrth f'ochr i. Gwenodd arna i, ond ddywedodd hi ddim byd. Edrychai'n ifanc ac yn ddel. Pan ydych chi'ch hun yn ifanc ac yn tyfu i fyny, dydych chi ddim yn sylwi rhyw lawer ar eich mam. Dydych chi ddim yn sylwi os ydy hi'n hardd na faint ydy ei hoed hi. Mae fel petai hi'n ddim oed o gwbl. Eich mam chi ydy hi, ac mae hi yno bob amser. Yna, un diwrnod, dydy hi ddim.

Pan ddaeth hi i mewn i nghell i doeddwn i ddim yn siwr oedd hi eisiau i mi siarad efo hi. Roeddwn i'n gwybod nad oedd hi yno go iawn. Ond roeddwn i'n meddwl efallai ei bod hi'n unig yn lle roedd hi ar yr ochr draw, a bod ei hysbryd hi wedi dod ataf am ryw sgwrs fach a thipyn o gwmpeini. Felly dechreuais ddweud fy hanes wrthi hi, sôn am Jay ac fel roedd pethau wedi mynd o chwith i mi.

Mae'n rhaid fod y swyddog wedi fy nghlywed wrth roi'r bwyd drwy'r twll, a gofynnodd, "Efo pwy wyt ti'n siarad yn fan'na, Marty?"

Rhoddodd fy mam ei bys ar ei gwefusau. Gwyddwn felly nad oedd hi eisiau iddo wybod ei bod hi yno. Felly chwarddais a dweud, "Neb. Neb o gwbl."

Ond roedd yn rhaid i mi sibrwd wrth siarad efo hi wedyn rhag i'r swyddog glywed.

Drannoeth daeth y doctor i 'ngweld i. Archwiliodd fi o'm corun i'm sawdl. Sgwrsiodd

63

am dipyn. Yna gofynnodd efo pwy bûm i'n siarad yn ddiweddar. Winciais arno a rhoi fy mys ar ochr fy nhrwyn. Trodd at y swyddog.

"Mae'n rhaid gollwng y bachgen o'r gell yma."

"Penderfyniad y Warden ydy hynny."

Edrychodd y meddyg yn hyll iawn arno. "Dw i'n iawn, 'chi," meddwn i wrtho. Wedyn gofynnodd yn dawel i mi, "Oes yma rywun efo ti, Marty?"

Edrychais dros ei ysgwydd ar Mam a dyma hi'n nodio'i phen, felly gwyddwn fod yn iawn i mi ddweud wrtho ei bod hi yno.

Gwrandawodd y meddyg arnaf am dipyn ac yna rhoddodd bigiad yn fy mraich.

Pan ddeffrais i roeddwn yn ysbyty'r carchar. Doeddwn i ddim yn rhyw dda iawn am rai dyddiau. Teimlwn fel petai fy ymennydd i wedi mynd ar wyliau ac wedi fy ngadael i ar ôl. Roeddwn i wedi anghofio pwy oeddwn i hyd yn oed. Rhythais ar y nenfwd ac roedd y golau yn mynd ac yn dod. Clywais y cychod yn mynd heibio a sŵn y corn niwl a daeth tarth gwyn ysgafn o'r môr dros fy nghorff i fyny at fy ngwddw, yn fy nghuddio o'r golwg.

Gorfododd y meddyg fi i godi bob dydd a rhoddodd waith ysgafn i mi ei wneud yn y clinic, ac yn araf cliriodd y tarth i ffwrdd.

O'r diwedd, tawelodd pethau yn y carchar. Doedd y swyddogion ddim ar ein cefnau gymaint.

Un diwrnod daeth gair gan Taylor. Roedd yr allwedd yn barod.

Roedden ni'n barod i ddianc!

Pennod 9

Rhyddid

"Mae'n rhaid i ni aros," meddai Carter.

Roedd o eisiau mynd pan oedd pawb yn gwylio ffilm. Ond ers yr helynt roedd dwywaith gymaint o swyddogion gwarchod ar ddyletswydd ac roedden nhw'n fwy gofalus o lawer. Chawson ni ddim gwylio ffilm am hydoedd. Felly roedd yn rhaid i ni aros.

Roedd Frank yn ysu am gael cychwyn. Bob cyfnod ymarfer roedd yn swnian ac yn swnian ar Carter. O'r diwedd aeth Carter ag o o'r neilltu yn

yr iard i gael gair bach efo fo. Gwyliais nhw.
Gwelais sut roedd Carter yn plygu coler Frank yn
ôl yn ofalus fel roedd o'n siarad. Fel petai'n
gwneud dim byd ond gofalu bod Frank yn edrych
yn dwt. Yna gwelais ei law yn llithro o dan ên
Frank. Gwelais ei fysedd yn tynnu llinell ar
draws ei wddw.

Symudodd y ddau draw oddi wrth ei gilydd a
cherddodd Frank tuag ata i. Roedd golwg filain ar
ei wyneb. Fel roedd o'n mynd heibio anelodd gic
at fy nghoesau i. Ond gwelwn fod ganddo yntau
ofn Carter.

Daeth y Nadolig. Aeth y Nadolig. Yna'r
Flwyddyn Newydd. Nos Galan clywais dân gwyllt
a miwsig a phobl yn chwerthin ac yn dawnsio
draw dros y dŵr. Wnes i erioed feddwl y byddai
sŵn pobl yn cael hwyl yn sŵn mor unig. Ond
roedd o.

Yna un diwrnod meddai Carter, "Heno
amdani." A dweud y gwir, roedd yn dipyn o sioc i
mi.

Meddyliais, *Efallai nad ydw i eisiau mynd.*
Roeddwn i'n gweithio yn y londri erbyn hynny.
Mae golchi a smwddio lifrai yn fusnes mawr yn y
carchar felly os ydych chi'n cael eich dewis i
wneud y gwaith fedrwch chi ennill tipyn go lew o
arian. Alcatraz oedd yn golchi dillad y fyddin ar
hyd arfordir y gorllewin. Roedd gen i swydd dda
yno. Heblaw hynny, roeddwn i'n cael tri phryd o
fwyd y dydd. Roedd fy mol i'n llawnach nag y bu
erioed yn fy mywyd o'r blaen. Ac roedden ni'n
cael gwylio ffilm unwaith y mis. Cwynai rhai na
fydden ni byth yn cael gweld ffilm gangsters nag
un efo rhyw ynddi hi. Ond chwynais i ddim
erioed.

Dydw i erioed wedi cyfaddef hyn, ond cyn i
mi fynd i'r carchar, doeddwn i ddim wedi gweld
ffilm. Roeddwn i wrth fy modd yn gwylio ffilmiau.

"Wnewch chi aros nes byddwn ni wedi gweld
diwedd y ffilm?" gofynnais. "Dw i wedi bod yn
edrych ymlaen i gael gweld yr un Shirley Temple
yna ers hydoedd."

Meddyliais fod Frank yn mynd i roi peltan i mi.

Ond chwerthin wnaeth Taylor.

"Tynnu coes wyt ti. Yntê, Marty?" Trodd at Carter. "Mae hwn yn llawn jôcs hurt."

Syllodd Carter yn feddylgar iawn, iawn arna i am funud. "Ydy o wir?" meddai toc.

Ar ganol y ffilm nos Sadwrn, dyna ymosod ar y ddau sgriw.

Doeddwn i ddim yn cofio mai dyma'r noson. Roeddwn i'n gwylio'r llun ar y sgrîn. Roedd Shirley Temple yn canu, efo rhubanau bach ciwt yn ei gwallt a'r wên annwyl yna ar ei hwyneb. Ar arwydd Carter cododd pawb ar ei draed. Heblaw fi. Roeddwn i'n dal i wylio Shirley. Cydiodd Carter yn fy llawes. Tynnais fy llygaid oddi ar y sgrîn.

Fel chwip o gyflym, craciodd Frank ben un sgriw yn erbyn y wal. Syrthiodd y pen yn ôl yn hollol llipa. Er bod ei lygaid ar agor, roedd yn ddigon hawdd gwybod nad oedd y dyn yn gweld dim byd. Cipion nhw'r gwn oddi ar y swyddog arall, dyn ieuengach o'r enw John Jefferson Adams.

Roedd llai na 20 o ddynion yn gwylio'r ffilm y noson honno. Dywedodd Carter wrthyn nhw fod yn rhaid iddyn nhw wneud yn union fel roedd o'n dweud os oedden nhw eisiau dianc. Sylwais mor astud roedden nhw'n gwrando arno. Rhoddodd y tŵls i dynnu'r bariau oddi wrth ei gilydd i un dyn. Dywedodd wrtho am eu defnyddio i dorri i mewn i'r galeri lle roedd gynnau yn cael eu cadw ac am eu rhannu. Gyrrodd chwech arall i'r stafell reoli lle roedd un lifar fawr i ddatgloi'r holl gelloedd. Roedd yn rhaid iddyn nhw drechu'r swyddog yno a gollwng pawb yn rhydd.

Yna nodiodd Carter ar Frank a Taylor a fi. Gwthiodd John Adams o'i flaen a rhedodd y pedwar ohonon ni i lawr tuag at y londri.

Ceisiodd y sgriw ymresymu efo ni.

"Gwrandwch hogiau," meddai. "Mae'r giât nesa dan glo, a does gan y swyddog yr ochr yma ddim allwedd. Felly fedra i mo'i hagor hi i chi. Fedrwch chi ddim mynd drwyddi hi."

"Dyna lle ti'n methu, Mr Adams," meddai Carter yn wawdlyd. "Mae gynnon ni allwedd."

Bron i lygaid y sgriw neidio allan o'i ben pan welodd yr allwedd yn llaw Carter, ond roedd o'n dal yn hyderus.

"Dim ond gadael i chi fynd allan o'r bloc celloedd i stafelloedd y londri mae hwnna. Fedrwch chi ddim mynd allan o'r fan honno."

"Ddim yn mynd ffordd honno."

Edrychodd Taylor a fi ar ein gilydd. Dyna'r tro cyntaf i ni glywed hynny.

"Pa ffordd ydan ni yn mynd, Mr Carter?" gofynnais.

Anwybyddodd Carter fi.

Trodd at y sgriw.

"Faint o ddynion sydd ar y to?" holodd.

Ysgydwodd John Jefferson Adams ei ben. "Dydw i ddim yn dweud wrthoch chi," meddai.

Aeth Carter ato. Rhoddodd y gyllell ar ei frest.

"Wyt ti eisiau marw?" gofynnodd iddo.

Ysgydwodd Adams ei ben. "Nac ydw, Syr. Dydw i ddim," meddai.

"Felly deud wrtha i, faint o ddynion sydd ar y to?"

"Dau neu dri," atebodd Adams yn gyflym. "Ond os byddan nhw'n meddwl mai helynt tu mewn i flociau'r celloedd yn unig ydy o, efallai y dôn' nhw â'r swyddogion sydd ar y to i lawr."

"Diolch." Roedd llais Carter fel sidan. "Os wyt ti'n arfer gweddïo," meddai. "Well iti ddechrau." Cododd y gyllell at wddf y sgriw.

Collodd y dyn arno'i hun. Roedd o'n beth sobor i'w weld a'i glywed.

"Os gwelwch chi'n dda, syr. Peidiwch â defnyddio'r gyllell yna arna i. Mae gen i deulu. Mae gen i blant."

Gwenodd Carter. "Glywch chi hynna, hogia? Glywch chi mor barchus ydy'r sgriw yma erbyn hyn? Yn fy ngalw i'n 'Syr'. A wyddoch chi pam? Wel, am fod y gyllell yma yn fy llaw i a bod arno ofn 'mod i'n mynd i wneud rhywbeth fel hyn."

Yna, heb ffwdan, mor ddi-lol â phetai'n gwneud rhywbeth fel tynnu corcyn oddi ar botel soda, plygodd Carter drosodd ac agor gwddf y swyddog o glust i glust.

Fi? Roeddwn yn meddwl 'mod i am lewygu. Bu'n rhaid i mi eistedd i lawr ar frys.

Trodd wyneb Taylor yn dri math o wyrdd. "Ddylet ti ddim bod wedi gwneud hynna," meddai.

"Wel, dw i newydd wneud," meddai Carter.

"Dowch 'laen!" gwaeddodd Frank. "Gwadnwch hi."

"Ie," meddai Taylor. "Awn ni."

Gwenodd Carter wedyn. Pwyntiodd ata i a Taylor. Meddai, mewn llais fel haearn, " 'Dach chi'ch dau ddim yn mynd i unman."

Pennod 10

Allan

Camodd Carter dros un o'r boeleri mawr.

"Mae Frank a minnau'n mynd i fyny ac allan wrth ymyl y pibellau mawr sydd yn fan'ma. Rai blynyddoedd yn ôl, pan gawson nhw fwy o waith golchi i'w wneud, roddon nhw bibellau newydd i ddod i lawr o'r tŵr dŵr. Dw i'n digwydd gwybod ble maen nhw'n bwydo i mewn i'r boeleri."

"F-f-fi? B-b-beth a-a-amdana i?" gofynnodd Taylor.

"Dim ond Frank a fi sy'n mynd ar y cwch sy'n

aros wrth y lanfa," meddai Carter wrth Taylor. "Rwyt ti'n rhy hen. Fedret ti byth nofio cyn belled."

Syrthiodd gên Taylor. Fel petai wedi cael dwrn yn ei fol. "Helpais i chi," meddai. "Helpais i i gael gwneud yr allwedd."

"Diolch iti am wneud hynny," meddai Carter. "Dw i'n gwerthfawrogi hynny."

Gwenodd ei hen wên feddal a dweud, "Ac rwyt ti a'r llo mawr Marty yma yn mynd i wneud rhywbeth arall i mi, Frank. Rhwystro'r sgriws rhag ein dilyn ni pan fyddan nhw'n torri i mewn i'r lle yma. Bydd hynny'n rhoi mwy o amser i ni ddianc. Daeth draw a phlygu i lawr at ble roeddwn i'n eistedd ar y llawr. Tynnodd fy mhen yn ôl. "Iawn?"

Nodiais. Fedrwn i ddim agor fy ngheg. Rhag i mi gyfogi.

Rhwygodd Frank ac yntau banel metel tu cefn

i un o'r boeleri, dringodd y ddau i mewn a diflannu i fyny i'r twr dwr ar y to.

"Marty, mae'n ddrwg uffernol arnon ni," meddai Taylor, wedi iddyn nhw fynd. "Yn ddiawledig."

Doedd dim rhaid bod yn glyfar i weithio hynny allan.

"Dim ond un peth fedrwn ni ei wneud," meddai Taylor, "fydd yn help i ni."

Doeddwn i ddim yn rhyw sicr iawn beth roedd hynny'n ei feddwl ond roedd o fel petai'n disgwyl i mi gytuno, felly, nodiais.

"Gwneud i bethau edrych fel petai'r lleill wedi'n dyrnu ni," meddai Taylor. "Wedyn fedrwn ni ddweud eu bod nhw wedi'n *gorfodi* ni i'w helpu nhw."

"Iawn," meddwn i.

"Wnei di gofio dweud hynny wedyn?"

gofynnodd Taylor i mi. "Pan fyddan nhw'n dy holi di, cofia ddweud bod Carter a Frank wedi'n gorfodi ni i ddod cyn belled â hyn efo nhw."

Mae pobl yn ail-adrodd rhywbeth chwech neu saith o weithiau yn mynd dan fy nghroen i. "Dw i'n deall," atebais. "Dw i yn deall."

Aeth Taylor at y swyddog marw, druan a thynnu'r pastwn o'i wregys.

"Er mwyn i bethau edrych yn iawn, mae'n rhaid i ni ddyrnu'n gilydd efo'r pastwn yma. Dyrna di fi gynta, yna ddyrna i chdi. "

Rhoddodd y pastwn i mi a throi rownd er mwyn i mi gael taro'i wegil. "Trawa fi'n galed, galed, Marty. Er mwyn iddyn nhw feddwl bod y lleill wedi ymosod arnon ni."

Dim ond pan oedd Taylor ar wastad ei gefn yn anymwybodol wrth fy nhraed y sylweddolais rywbeth. Pwy oedd yn mynd i'm dyrnu i? Cymerodd o dipyn o amser i mi feddwl beth i'w wneud. Roedd y swyddogion bron wedi torri drwodd o'r brif neuadd cyn i mi feddwl am gynllun.

Roedd yn rhaid i mi redeg o leiaf deirgwaith yn erbyn y wal yn galed cyn i mi wneud digon o niwed i mi fy hun iddo edrych fel petai Carter a Frank wedi fy nyrnu'n ddrwg.

Yn y cyfamser roedd Carter a Frank wedi cyrraedd y to.

Ond dyna cyn belled ag yr aethon nhw.

Erbyn deall, roedd John Jefferson Adams yn ddewrach nag roedden ni'n meddwl. Dweud celwydd oedd o pan ddywedodd wrth Carter mai dim ond dau swyddog oedd ar y to ac y bydden nhw'n dod â nhw i lawr os byddai yna helynt yn y carchar. Roedd o leiaf bedwar ohonyn nhw ar ddyletswydd, a John Adams yn gwybod yn iawn mai'r peth cyntaf wnâi'r Warden pan fyddai'r larwm yn canu fyddai gyrru rhagor o ddynion i fyny yno. Felly pan ddaeth pennau Carter a

Frank allan o'r bibell ddŵr honno fel dwy gwningen yn sboncio allan o dwll, saethodd y swyddogion nhw.

A'r ffrindiau yn aros yn y bae? Fu cychod yr heddlu fawr o dro yn eu codi. Bwriad Carter oedd dianc o ochr yr ynys yn wynebu'r môr agored. Ar yr amser hynny o'r dydd roedd y llanw'n llifo allan i'r môr ac roedden nhw wedi gobeithio cael eu cario efo'r llif. Doedden nhw ddim wedi bwriadu anelu at y lanfa o gwbl. Roedden nhw wedi dyfalu na fyddai neb o'r carcharorion eraill wedi llwyddo i ddianc, ond petaen nhw wedi gwneud, fe fydden nhw wedi rhedeg at y lanfa ar ochr San Fransisco o'r ynys.

Doedd Carter na Frank erioed wedi bwriadu mynd â Taylor a fi efo nhw. Ein defnyddio ni i gael gafael ar yr allwedd a gwneud allwedd arall oedden nhw.

Wfft i'r syniad fod carcharorion yn driw i'w gilydd.

Pennod 11

Dan Glo am Oes

Roedd yr hanes yn y papurau newydd i gyd.

Fisoedd yn ddiweddarach gawson ni weld y lluniau a darllen yr hanes. Roedd y papurau newydd yn dangos lluniau manwl o gyrff Frank a Carter. I mi roedden nhw'n edrych fel petaen nhw wedi cael eu saethu yn eu cefnau. Ond ddywedais i ddim byd.

Dw i'n meddwl i mi fod yn lwcus. Daeth y swyddog roedd Frank wedi ymosod arno yn ystod y ffilm ato'i hun. Dywedodd ei fod yn cofio nad oeddwn i eisiau cymryd rhan. Fod Carter wedi fy llusgo i efo nhw. Felly roedd o wedi credu beth ddywedon ni: nad oedden ni'n rhan o'r cynllun o gwbl. Collais amryw o ddannedd pan ddyrnais fy wyneb yn erbyn y wal. Gwnaeth hynny i'm stori i ddal dŵr, dw i'n meddwl. Doedd yno neb i ddweud yn groes beth bynnag. Roedd y tystion eraill i gyd wedi marw.

Bob nos bellach rydw i'n llusgo ymlaen ac yn sefyll fel y lleill i gyd gan ddal fy llaw allan i gael y tabledi cysgu melyn maen nhw'n eu rhoi i ni. Dydw i ddim yn cysgu'n rhy dda, 'dach chi'n gweld. Dw i'n breuddwydio am y swyddog ifanc, John Jefferson Adams yn crefu ar Carter i beidio'i ladd. Dw i'n cofio'r bachgen bach welais i'n chwarae pêl wrth ymyl tai'r swyddogion carchar. Ei fachgen bach o, tybed?

Fedrwn i fod wedi cael plant. Efallai y bydden nhw wedi bod yn ddigon o sioe, yn ddel iawn. Fel y bachgen bach a edrychai yn ffenest y siop y diwrnod hwnnw tu allan i'r banc. Y diwrnod y lladdais i ei fam.

Maen nhw'n dal i falu awyr i mewn yma.

"Tro nesa, llwyddwn ni i ddianc."

"Tala i'r pwyth yn ôl i'r Warden yna un diwrnod."

"Mae gen i ffrindiau tu allan. Yn y giangiau mawr. Maen nhw'n mynd i nghipio i allan o fan'ma'n fuan."

Mae carcharorion newydd yn cyrraedd. Yn swagro cerdded ac yn meddwl eu hunain yn llanciau mawr. Yn union fel roeddwn i. Yn dod i'r carchar mwyaf enwog yn y byd. At y troseddwyr gwaethaf yn America.

Alcatraz.

Bargen?

Twll o le.

Enwau mawr?

Ffyliaid twp.

Al Capone a'i hen wyneb creithiog. Ymhen amser bu farw o afiechyd gwenerol. Cyn f'amser i, ond clywais ei hanes gan Taylor. Erbyn iddyn nhw fynd ag o oddi ar y graig, roedd corff Al Capone wedi crebachu. Yn fyw o gynrhon i gyd. Ei ymennydd fel caws wedi llwydo. Rhan ohono wedi pydru'n stwmp. Afiach. Hollol afiach. A dw i *yn* gwybod am beth ydw i'n sôn.

Dyn Adar enwog Alcatraz? Celwydd ydy hynny hefyd. Stori wneud ond does fawr neb yn gwybod hynny. Doedd ganddo ddim adar yn Alcatraz erioed siŵr iawn. O garchar Leavenworth y daeth i Alcatraz. Ddim yn swnio'n iawn, rywfodd, nac ydy? *Bird Man of Leavenworth*. Ddim gystal â *Bird Man of Alcatraz*.

Aeth o'i go yn y diwedd. Edrychais i ar ei ôl am ychydig pan oeddwn yn gweithio am gyfnod yn ysbyty'r carchar. Beth fyddai o wedi bod petai o allan yn y byd, tybed? Wedi dysgu'r holl

wahanol ieithoedd fel y gwnaeth o a phopeth.
Allai o fod wedi bod yn enwog. Byddai pobl wedi
teithio milltiroedd i'w weld. Wedi talu tomen o
arian iddo am wella eu poli parot neu beth
bynnag, petae hwnnw'n sâl.

Mae'r holl *gangsters* yna i gyd wedi mynd
erbyn hyn, fel y dŵr ym mae San Fransisco. *Cut
Throat Carter. Slugger Malone*, yr enwau enwog i
gyd. Ond dyna'r dechrau a'r diwedd. Eu henwau
oedd yn enwog, nid nhw.

Twpsod oedden nhw i gyd, a dweud y gwir.

Maen nhw i gyd wedi mynd.

Pawb ond fi.

Mae blynyddoedd ar flynyddoedd ar
flynyddoedd i gyd wedi mynd a dw i'n dal yma.
Dw i'n cael tyfu tomatos a llysiau eraill. Mae'n
debyg y medrwch chi ddweud 'mod i wedi
cyrraedd haul California, ond yn wir fyddwn i
ddim eisiau i Mam weld ei hogyn hi heddiw.

Fyddwn i ddim yn Frenin ei Chalon bellach.

Brenin y Graig ydw i.

Dyma fi.

Ac yma bydda i nes y bydda i farw.

Carcharor yn Alcatraz.